JEUX ET TRAVAUX

—

MAURICE BARRÈS

SOUVENIRS, NOTES ET FRAGMENTS
DE LETTRES INÉDITES

PAR

EDMOND PILON

AU PIGEONNIER

SAINT-FÉLICIEN-EN-VIVARAIS

A PARIS, MAISON DU LIVRE FRANÇAIS

4, RUE FÉLIBIEN, 4

—

1926

MAURICE BARRÈS

AUX AMIS

CONNUS ET INCONNUS

DE BARRÈS

JE DÉDIE CETTE ESQUISSE

DU PORTRAIT

D'UN GRAND MAITRE

E. P.

EDMOND PILON

—

MAURICE BARRÈS

SOUVENIRS, NOTES ET FRAGMENTS
DE LETTRES INÉDITES

PORTRAIT PAR J. LOMBARD

ORNEMENTS DE

PH. BURNOT

AU PIGEONNIER

SAINT-FÉLICIEN-EN-VIVARAIS

A PARIS, MAISON DU LIVRE FRANÇAIS

4, RUE FÉLIBIEN, 4

—

1926

MAURICE BARRÈS

VOYAGEUR LYRIQUE

MAURICE BARRÈS

VOYAGEUR LYRIQUE

I

J'AIME que l'une des premières images surprises par Barrès devant la mer, en vue d'Aigues-Mortes, il y a tantôt six lustres, soit une image de chevalerie ; j'aime que, tel un autre Joinville aux côtés du roi saint Louis, il pense — alors qu'il n'est qu'au début de ses pèlerinages ! — à « ces Sarrasins de Barbarie » auxquels, en Asie comme en Espagne, il revint toujours avec cet émoi de peintre et cette tendresse de poète qui se complaisent aux riches couleurs des drapeaux, aux reflets brillants des armes, enfin à cette magnificence que portent en eux partout les Croisés.

N'est-ce pas dans *Bérénice*, précisément devant les remparts d'Aigues-Mortes, qu'il lui arrive déjà de nommer, avec une sorte de frémissement amoureux, sa « très chère reine de Saba » ? Ainsi, bien avant d'avoir fait voile lui-même vers la terre des légendes, jeune homme échappé des joutes oratoires, du chaos des systèmes, enfin de tout un monde idéologique desséchant, il prête l'oreille déjà, avec un peu de recueillement, à cet « ineffable concert » dont le poète Saadi a parlé et qui se confond, sur les bords de l'Oronte, « au gémissement de la roue qui élève les eaux ».

Dès que le lui permettent ses premières vacances d'étudiant, le jeune Barrès aborde à ce port des Croisés qu'est Aigues-Mortes ; avec délices, il se répète ce magnifique début de Jules Tellier :

« *Nous sommes partis d'Alger à midi, et d'abord nous avons traversé des espaces moirés d'un violet laiteux et comme polaire...* », qui est vraiment l'une des plus belles proses du monde ; et voilà que sous l'empire du sortilège qu'éveillent en lui tant de reflets du passé, d'échos des fables fameuses, il aspire, aussitôt ses premiers pas dans les lettres, à toucher ce rivage d'Asie où ce n'est pas trop de dire qu'il a rencontré son chef-d'œuvre.

« Athénien sans le savoir », c'est ainsi, à propos de l'un de ses voyages : le *Voyage de Sparte*, que Pierre Gilbert nomma une fois Maurice Barrès. Cette épithète convient on ne peut mieux à celui qui fut, dans l'ordre intellectuel, l'un de nos maîtres éminents. Plus qu'aucune autre, elle nous aide à rendre d'abord hommage aux lois d'équilibre et de maintien national que le peintre de *Leurs figures* observa toujours; mais comment ne situe-t-elle pas, en même temps, dans tout un ordre shakesparien, et parmi des Athéniens de fantaisie venus accompagnés des fées et des lutins assister aux noces de Thésée, celui-là même qu'éblouirent les puissants et doux visages d'une reine de Saba, d'Isabelle ou de sa sœur Oriante ?

Je veux dire par là que, même devant Sparte ou près d'Athènes[1], en vue de l'Acropole, enfin dans les lieux sacrés que foula le pas des dieux de l'Olympe, Barrès ne

1. Pour les notes et fragments de lettres inédites, se reporter, suivant les numéros d'ordre, à la fin du volume.

cessa jamais de faire figure de Croisé en route vers l'Orient. Jean Moréas, qui savait mieux que quiconque apprécier la différence de l'antiquité au moyen-âge, ne s'y était pas trompé. Voyez, disait-il volontiers, avec quelle « passion charmante » cet homme qui vient d'approcher de l'Acropole, s'exalte à parler « des seigneurs et des chevaliers qui habitèrent les bourgs dorés du Péloponèse ». Cette idée médiévale, cette grande idée française, qui, de Gaston Paris à Joseph Bédier ne cessa de briller de plus en plus à nos yeux, Barrès en ressentit toujours secrètement la beauté ; et cela est si vrai que, même pendant la guerre, alors qu'en pages vivantes il retraçait les *Traits éternels de la France*, il lui advint de nouveau de faire appel aux réminiscences des Croisades.

Dans ces brèves pages, il pense en effet à Guillaume d'Orange et à Vivien, il rappelle les héros des chansons de geste, et pareil à ce bourgeois de Bruges dont il a conté l'aventure, il se plaît, à côté de ses chères images d'Occident, à rassembler celles-là qu'aimèrent avant lui le Tasse et Delacroix. Et peut-être précisément que la querelle du *Jardin sur l'Oronte*[2] est née de la confusion qu'on a faite, dans l'œuvre de Barrès, entre ces sortes diverses d'images : celles qui s'estompent dans la paix discrète d'un soir lorrain et celles qui s'élèvent, semblables à des lucioles, du vallon secret où coulent les eaux de l'Adonis.

II

L'un des premiers, M. André Gide, bien avant que l'on nous rappelât ce que c'est que l'Oronte, avait été frappé par cette opposition bien visible des deux genres barrésiens. C'est quand il chercha à l'auteur des *Déracinés* sa querelle subtile sur le droit à la mobilité, au mouvement et aux voyages.

« *Né à Paris, d'un père Uzétien et d'une mère Normande, où voulez-vous, M. Barrès, que je m'enracine ? J'ai donc pris le parti de voyager* ».

Mais, prenant ce parti même, M. Gide ne s'apercevait pas que Maurice Barrès l'avait adopté bien avant lui. Nul, depuis les romantiques, ne semble, autant que Barrès, avoir été plus constamment attiré par le prestige qu'exercent les belles cités, les bienheureux rivages, enfin ces paysages dont les pentes s'incurvent sous un ciel semblable à une conque d'azur, au-dessus des vallées du Liban. Lors de la réédition de *Du sang, de la volupté et de la mort,* lui-même ne se laissa-t-il pas aller à dire, en revenant toujours à ses sites préférés : « L'auteur est parfois retourné sur les lieux qu'il avait décrits, pour redoubler ses sentiments et collationner ses images ? »

Voyageur lyrique, voilà donc ce qu'est Barrès. Et l'on a été surpris que le même écrivain eût posé devant nous le problème des *Déracinés !* Et l'on a crié à la contradiction parce que cet homme, qui se plaçait sous le vocable de Sainte-Odile et prenait à témoins ses mirabelliers, s'en allait en même temps de par le monde à la recherche d'images brûlantes ! Mais tant de confusion ne provenait-elle pas de ce que l'on jouait sur les mots ? L'arbre enraciné n'est pas, par cela même, immobile. Son feuillage demeure-t-il inerte ? Se prive-t-il du concert des oiseaux ? Quoi, est-ce que des Lorrains, avant Barrès, ne sont pas partis pour les aventures ? Et Claude Gellée ? Et le petit Callot ?

Un jour qu'il était entré à l'Exposition des graveurs du siècle, Maurice Barrès (lui-même le relate) avait été attiré par une estampe qui représentait justement son compatriote Callot, encore enfant, entraîné par une belle fille de Bohème l'emmenant par la main, à grands pas, sur les chemins de l'Italie. Et cet écrivain, qui sait cependant mieux qu'aucun autre apprécier la vertu du foyer, la fidélité aux ancêtres, d'avouer aussitôt, à la vue de cette estampe, l'appétit de déplacement, l'ivresse folle de voyage qui gonfla toujours son cœur. « Ah ! dit-il alors, cette médiocre lithographie, comme elle *déclancha* la chanson qu'a mise en moi ma race, et qui m'entraînait, belle comme un ange, romantique comme une fille tsigane, quand, à vingt-trois ans, pour la première fois, j'allais de Nancy à Venise ».

Par la préface qu'il consacre aux *Souvenirs* de son grand-père, le soldat de Napoléon, nous comprenons que les ancêtres mêmes de Barrès n'eussent pas permis que leur descendant fît si peu de cas de la Lorraine qu'il ne s'efforçât, pour lui exprimer encore plus d'amour et de fidélité, à la confronter avec des contrées différentes. Nous apprenons en passant, grâce à cette filiale préface, que le père de l'écrivain accomplit la traversée de Tunis et celle de Malte ; pour son aïeul il parcourut l'Europe avec les armées de l'empereur. Cela représente bien des pays. Les impressions que ces derniers avaient laissées en lui, le grand-père avait pris soin de les recueillir dans de petits cahiers olivâtres, que le petit-fils n'entr'ouvrit jamais qu'avec les marques les plus grandes du respect et de la piété.

« Je les ai toujours vus, ces cahiers olivâtres, écrit Maurice Barrès, de la couleur de l'uniforme des chasseurs de la garde, et couleur aussi des lauriers d'Apollon que j'admirai, il y a huit ans, au vallon de Daphné, près d'Antioche de Syrie. » Ainsi, dans le temps même qu'il pense aux coteaux de la Moselle, à Charmes où reposent ses ancêtres, au murmure que fait le vent des Vosges en inclinant les sapins de son pays, le voyageur, chez Barrès, l'emporte sur le sédentaire. Lui-même, d'ailleurs, dans la préface à ces touchants *Souvenirs* militaires, déclare :

« Je désirerais avant de mourir, donner une idée de toutes les images qui m'ont le plus occupé. »

III

L'on sait comment une fois, dans un petit café au bord de l'Oronte, à l'ombre des saules, Maurice Barrès entendit conter cette histoire d'amour et de mort qui restera à l'Orient ce que la fable d'Iseult et de Tristan est à l'Occident. Chance unique, chance qu'avait bien mérité de connaitre celui qui fut sensible à tant de musiques et rechercha tant de cadences. Mais, disent MM. Jérôme et Jean Tharaud, qu'un voyage à Damas conduisit dans la même contrée, « cette chance-là ne nous arrive que si on l'a fortement désirée et si, comme le poète du *Jardin sur l'Oronte*, on a rêvé avec constance, un peu partout, au fond de la Lorraine, en Provence, à Neuilly, si, dis-je, on a rêvé depuis longtemps à la Syrie, à la Perse, à la rose, au rossignol, à la passion d'aujourd'hui et de toujours, à cet Orient qui n'est pas plus en Asie qu'en Europe, et qui n'est rien qu'une manière de songe, une certaine façon de nommer certaines choses de l'amour et de la vie[3]. »

L'on ne saurait mieux dire qu'à cette magnifique mise au point de tant d'harmonies, de chants venus de la nature, le poète demeura toujours sensible comme à un beau concert. Ici, je ne puis me rappeler tant de mélodies où passe la brise parfumée, où se pâment les colombes, sans me souvenir de ce paysage dans lequel Giorgione a peint des seigneurs musiciens qui se divertissent avec des jeunes femmes. Sorte de Giorgione des lettres françaises voilà, tout au moins pour une bonne part de son talent, ce qu'est Maurice Barrès. Cela empêche-t-il un certain penchant à la méditation ou cela dérange-t-il l'ordre d'un certain repli pascalien nécessaire ? Maints livres sont là pour le nier ; mais le divertissement n'en a pas moins lieu. Lui-même du reste le reconnaît ; et, du même ton dont il déclarait jadis :

« A vingt ans on se persuade que les villes fameuses sont des jeunes femmes », aujourd'hui il affirme : « J'ai dit et redit que, le service fait, je me distrayais. J'aime les concerts dans les jardins. L'Oronte en est un... »

C'en est un qui s'offre même d'une nostalgie incomparable, d'une voluptueuse et prenante douceur. « Je ne vais pas en Orient, a écrit un jour Maurice Barrès, chercher des couleurs et des images, mais un enrichissement de l'âme. » A vrai dire, c'est à peu près le contraire de ce que faisait Chateaubriand ; et puis c'est qu'en Orient il marche sur un sol où chaque touffe est un parfum, où chaque pierre porte, depuis des siècles, l'empreinte d'un talon sacré ! Que de fois, dans les heures de sécheresse,

alors que le désert n'est pas là où l'on croit,
mais bien chez nous, en nous, dans nos
cités et dans nos cœurs, que de fois le
voyageur éprouva ainsi le besoin impérieux
de quitter nos brouillards, « d'entendre une
musique plus profonde et plus mystérieuse! »

Une soirée avec les Bacchantes aux sources de l'Adonis : voilà le titre que Barrès
a donné à l'une de ces méditations rapportées de l'Orient. « L'embouchure de l'Adonis, ajoute-t-il, est un endroit charmant
que l'antique Phénicie a chargé de mythes. »
Parvenu au bord du fleuve, il ne peut se
défendre d'évoquer les images bibliques
qui, sur cette même terre, accueillirent
avant lui Renan et sa sœur Henriette. Assis
sous les palmiers, près des muletiers de la
caravane, le voilà qui « rêve à Racine et à
Chassériau. » Mais, aussi bien, ce pourrait
être à André Chénier.

Et c'est ici que sa réjouissance dans les
parfums, dans les mélodies, dans les couleurs, revêt quelque chose de dionysiaque :
les Bacchantes dansent, devant lui, avec
ce rythme que nous devinons aux strophes du poète immolé ! Lui est heureux
d'être venu jusqu'à elles, par les sauvages
méandres. « Je ne regrette pas mon pèlerinage, dit-il, et d'être venu de si loin mettre

mes pas dans les pas des Bacchantes ! »
Mais voilà bien où s'établit, pour lui, ce
grand concert des voyages : c'est quand il
découvre une correspondance entre son
âme et les lieux parcourus : c'est surtout
quand il fait voir, non sans transport, toutes les chaînes secrètes qui rattachent sa
pensée à tant de souvenirs !

« Il y a, disait Tellier, beaucoup de lieux
où j'ai laissé un peu de mon âme. » Maurice
Barrès, voyageur lyrique, éprouve un sentiment semblable. Et c'est ce qui fait qu'un
lien, une parenté étroite s'établit pour lui
entre ces sites différents de la terre. Le
voilà tout à coup, en effet, dans ces paysages des bords de l'Adonis, qui retrouve ce
« coin de Grenade ou de Tolède » où M.
Ignatio Zuloaga, dans un portrait d'une
grande puissance et d'une riche allusion,
s'est plu à nous le montrer.

Bourgeois de Bruges, bourgeois de Metz,
en quête d'un éblouissement que ne dis-
pensent pas les contrées du Nord, Maurice
Barrès a toujours été le pèlerin avide qui
s'en allait à la recherche d'images vivantes.
« Ne restez pas, a-t-il dit une fois dans cette
pensée, en s'adressant aux jeunes gens de
la *Revue critique*, ne restez pas dans vos
beaux châteaux d'Ile de France... » Conseil

qui visait alors une sorte de diffusion de notre génie, mais conseil qu'avec perfidie, sinon avec habileté, l'on pourrait dresser contre cette doctrine de *l'enracinement* dont Barrès fut toujours l'apôtre !

IV

A cette objection, à cette querelle possible, Barrès lui-même a répondu. « Nous ne rêvons pas, a-t-il dit une fois en effet, nous ne rêvons pas d'un Eldorado, nous ne sommes pas d'éternels émigrants qui dessinent au bord de la mer mystérieuse et sur le sable d'un rivage détesté les épures d'un vaisseau de fuite. Nous sommes des traditionalistes » *(les Amitiés françaises)*.

Cette tradition, le voyageur lyrique, le poétique errant qu'est Maurice Barrès la retrouve, à chaque fois qu'il revient, près de sa terre et de ses morts, s'asseoir au foyer de ses aïeux. Entre cette nomade de génie que fut Marie Bashkirtseff, *Notre-Dame du Sleeping-car*, vagabonde dont rien au monde ne put combler l'ennui ni fixer la chimère, et ce voyageur religieux qui ne manqua pas une fois à se retourner, à chaque arrêt de l'équipage, du côté de l'horizon où pointent encore les flèches des églises de son pays, voilà la différence.

Entre lui et un voyageur comme Loti, cette différence n'est pas moins grande. Loti, dans tous les lieux du monde où il s'arrête, retrouve ce même sentiment de dispersion, de retour à la poussière dont l'angoisse est si déchirante et le néant si tragique ; Barrès, tout au contraire, plus il franchit d'étapes et refait de pèlerinages, sent se resserrer en lui plus encore les liens de la continuité ! Toujours il met ses pas dans les pas de ceux qui le précédèrent. Semblable en cela à ces chevaliers de la croisade que Delacroix a peints, il veut bien avancer sur les routes fabuleuses et pénétrer dans de riches palais ; mais c'est à la condition de demeurer toujours sous la protection de ces bannières lorraines que, durant la veillée de Sainte-Odile, brodèrent à son intention les femmes de son pays [4].

Lui-même a montré mieux que personne comment son port d'attache, sa solide assise, se dressent à jamais près des monts des Vosges. Dans *Au Service de l'Allemagne*, il a précisé cette pensée éloquemment : « C'est avec amour et confiance, a-t-il écrit, qu'à chaque visite, je me promène sur la forte montagne. » Et peu après, dans une *interview* fort précieuse, il pouvait ajouter encore : « Toute ma vie est un effort constant pour dégager le sens éternel de ces pays mosellans avec l'apport latin superposé à leur profonde nature autochtone. »

Ainsi, ce Jason était parti à la conquète des images, à la recherche des rythmes et des musiques ; mais sa pensée secrète, la plus intime, la plus chère, était demeurée, durant tout le temps du long voyage, fidèle à ce paysage modéré, discret, pétri de toutes les nuances de la patrie. Au cours de vingt volumes, Barrès s'est exprimé sur la constance de la fidélité à son pays ; mais nulle part, il ne l'a fait plus heureusement que lorsqu'il a comparé les gràces de sa Lorraine à celles de ces belles filles de l'Est que Callot et Claude avaient connues bien avant lui. « La beauté des jeunes femmes, fait-il remarquer, est distribuée sur les diverses parties de leur corps : aussi, pour la goùter, faut-il beaucoup de soins et leur grande complaisance ; mais cette beauté, quand elles vieillissent, se fixe toute sur leur visage. C'est ainsi que, dans ma jeunesse, j'ai cru la beauté dispersée à travers le monde et principalement sur les régions les plus mystérieuses, mais aujourd'hui, j'en trouve l'essentiel sur le visage sans éclat de ma terre natale. »

A la gloire de ce visage, à son exaltation, que de cantiques, que d'hymnes a composés le voyageur au retour des terres lointaines ! « Voici la Lorraine et son ciel tourmenté de novembre, la vaste plaine avec ses bosselures et cent villages pleins de méfiance. O mon pays, ils disent que tes formes sont mesquines ! Je te connais chargé de poésie. Je vois sur ton vaste camp des armes qui reposent... » Ainsi s'élève le chant de l'Enfant prodigue. Et ni la belle Oriante qui danse à pas légers sur les tapis de Smyrne, ni la très chère reine de Saba, voire les Bacchantes de l'Adonis n'ont pour lui à ce moment l'honnête beauté, le charme discret, le sourire ému de cette Colette Baudoche dont il a dit l'aventure et qui est occupée auprès de la croisée, si sagement, à broder en silence [5].

Voyageur romantique, voyageur romanesque même, mais qui, comme son grand-père et son père, revient toujours s'asseoir à l'àtre natal, tel est Barrès. Et quelle gloire et quelle grandeur présentent cet aboutissement de tant de périples, cette conséquence de tant de déplacements, de tant de voyages ! Paul Bourget n'a point, pour sa part, failli à le montrer. C'est quand, après avoir donné à l'auteur de la *Colline inspirée* ce beau surnom d'*enchanteur* que Joubert avait attribué à Chateaubriand, il indique encore comment, chez un écrivain de cette qualité, « la sensibilité se redresse, se retrempe sans cesse dans la raison ». Comme si cette dernière, chez un tel maître, même aux heures les plus exaltantes de pur lyrisme, ne s'était pas tenue toujours, durant tous les voyages, assise en bon pilote à l'avant du vaisseau !

Paris, 1922.

FEUILLETS ET SOUVENIRS

FEUILLETS ET SOUVENIRS

A Paul Lesourd

ON a dit que les femmes n'occupaient pas dans son œuvre une place de choix. Allons donc ! Elles y sont comme chez elles, bien au contraire, véritables figures de haute lisse, se détachant en silhouettes très sobres, sur un fond embelli de claires futaies et que prolongent, à l'infini, des jardins tracés à la française.

Ici, je pense aux cartons de tapisseries dessinés par de Troy pour la suite d'*Esther* : ces perspectives magnifiques, ces retombées d'étoffes, et, tout à coup, appa-

raissant dans la baie des colonnes hautes
et torses, de puissants groupes de marbre,
un jardin d'Asie. Là, comme projeté dans
un vol aérien, passe un oiseau à aigrette,
vêtu d'un plumage d'azur et de feu, et dont
la gorge présente de merveilleux reflets.
Bientôt l'on imagine, à le voir se poser,
qui touche à peine le sol, que c'est quel-
qu'un d'Orient : Bérénice de Palestine ou
la folle Oriante.

Semblable, en cela, à ces chevaliers dont
il a été rechercher les traces si souvent au
loin, Barrès aimait l'allure de ces femmes.
Déjà quand, tout jeune encore, il se prome-
nait en rêvant dans les jardins de Lombar-
die plantés de chênes verts et de lauriers,
je suis sûr qu'à travers les descendantes de
tant de belles créatures admirées de l'armée
de Bonaparte, et que Stendhal aima, il se
plut bien souvent à retrouver la taille
flexible, le visage animé d'un feu sourd,
enfin le pas nonchalant de tant d'héroïnes.
Mais à Venise ! Il savait bien que, là, le
cœur défaille, enfin qu'à l'aide des petites
caravelles du doge Dandolo, plus glissantes
et rapides que des mouettes, l'on peut
atteindre en peu de jours au Caire, à Beyrouth ou à Damas.

Pas de femmes, dans cette œuvre où, de

la sage Baudoche à la gaie Oriante, il n'y
a qu'elles, au contraire, se promenant et
souriant dans l'allée des jets d'eau, respi-
rant dans la brise chargée du parfum des
fleurs ; c'est à ne pas croire ! Ici, je pense
aux filles de notre pays, d'une si parfaite
grâce, et que Germain Pilon et Jean Goujon
choisirent pour modèles. Toutes d'un maintien si noble, d'un profil si pur, je ne puis
les imaginer sans me rappeler ce fait : un
jour, j'avais envoyé à Barrès une édition de
la Princesse de Clèves d'une belle typogra-
phie. Après l'avoir lue, il me remerciait,
puis aussitôt dans son billet : « *Je vous
quitte et retourne auprès d'elle...* »

Voilà comme il les aimait !

*
* *

Je ne suis pas allé à Charmes-sur-Moselle,
mais j'aime ce nom. Je l'aime comme Barrès
aimait celui d'Aigues-Mortes : à cause de
sa consonance d'une poésie discrète et qui
plait tant. Le charme barrésien devait naître
et grandir là, en vue des collines mosellanes.
Le *charme* est aussi le nom d'un arbre ; il
y en a peu dans ses livres, mais surtout des
mirabelliers. Qu'importe ! Ce charme végé-
tal Barrès l'a senti ; dans son style où passe

un frisson, comme celui des feuillages dans le bois sacré, il en a traduit la splendeur, exprimé le murmure.

Depuis les hautes futaies de Sainte-Odile jusqu'aux frondaisons moins touffues de Versaillles, dont il a écrit qu'elles « dessinent une magnificence abondante et légère comme un tissu brodé de l'Inde », Barrès à montré cette beauté que les saisons apportent, quatre fois l'an et chaque fois différente, à la sylve française. Ici, plus particulièrement, mon souvenir revient aux « cinq à six arbres » qui défendaient contre le vent, à Aigues-Mortes, la maison de Bérénice [6] ; au « chêne vert, vigoureux et trapu », dont l'ombrage protège à Amschit, le tombeau de la sœur de Renan [7] ; aux cèdres qui s'étagent, en vue de Deïr-el-Kamar, sur les pentes du mont Liban. Mais cela n'est pas tout. Naguère encore, Jérôme et Jean Tharaud accompagnaient Barrès sur les routes de Provence ; et « la terrasse et le bois de pins » de la maison des Mirabeau où le maître venait, durant la « floraison des amandiers », ils ont aimé, de nouveau, à les décrire.

Ce bois de pins, je l'évoque à mon tour, avec ses écureuils, avec ses cimes brûlées, ses grands bras tordus d'où coule la résine.

Et c'est comme si, dans le crépuscule, en écartant les branches, j'apercevais tout à coup, au-dessus de la mer, cet autre bois qu'un compatriote de Barrès, le Lorrain Claude Gellée, a montré à droite d'un tableau, incliné de ce côté de l'Orient où vogue la haute nef portant Chryséis.

*
* *

Sur Claude Gellée, il avait rassemblé des notes d'une grande sensibilité, groupé des aperçus originaux[8]. Durant ses heures de repos, l'été, dans sa province, c'était son plaisir de s'engager sur les pas du Lorrain. « Combien de fois, dit-il, je suis allé, par la prairie, de Charmes à Chamagne ! » Et le peintre dont les « sons de chalumeau » égalent pour lui les plus beaux concerts, comme il en démêle la présence au milieu de ce grand paysage qui n'est pas encore celui de Rome, pas aussi « haussé de ton », dit-il, mais qui, cependant, « dans les prairies du Saulcy », du côté de la Moselle, à l'orée de la forêt de Charmes, se fait voir si grave et si doux tout ensemble ! Du recueillement, un calme infini, les plus nobles traits se fondant, à l'aube ou au crépuscule, sous l'action de la lumière, enfin toute la magie du soleil déclinant au-dessus des collines et des bois qu'il colore, voilà le secret de Claude. Voilà aussi le secret de Barrès. « Et moi aussi, petit enfant, j'ai parcouru les prairies de Claude Gellée que j'aime, que je comprends, *et de qui je ne suis pas...*» La phrase s'arrête ici. Le temps n'a pas permis à l'écrivain d'achever sa pensée. Mais sous prétexte que nous assistons à la formation du Lorrain, nous assistons, en même temps, comme par le fait d'une confidence, à la formation de Barrès, et, devant cette nature de l'Est, au milieu de laquelle il avait établi ses bastions, à l'éveil de sa sensibilité. « Voilà mes sources, disait-il, en parlant de Claude. Ce sont les siennes. Nous avons bu aux mêmes rives. » Ces choses vraiment révélatrices de ses origines lorraines valaient d'être dites par Barrès. Et il les a dites avant de mourir.

*
* *

Tout ce qui était vaporeux, aérien, ou tenait, de près ou de loin, à la forêt des fées, avait son amour. Sur les fées de Jeanne d'Arc, il a écrit des pages touchantes ; sur la fée de la Marne[9] il a pensé écrire. Et toujours c'était avec les traits les plus familiers, les plus heureux. Il rêvait de ranimer le vieil esprit de courtoisie. « *Gentillesse française!* » Voilà le mot dont il s'est servi, dans les *Saints de la guerre*, pour qualifier toute cette finesse, toute cette grâce. Et cette gentillesse, d'où qu'elle vînt, où qu'elle fût, il la célébrait. Ainsi, à Venise, rien ne l'enchantait autant, dans l'église des Scalzi, que le plafond de la voûte, entièrement dû à Tiepolo, et dans lequel, l' « aimable génie » comme il disait, avait représenté les anges transportant à travers l'espace, de Nazareth à Lorreto, la maison de la Vierge. « Adresse, plaisir, éclatante fantaisie, caprice, bel art apparenté aux féeries de Shakespeare, aux grâces de Marivaux, et, déjà, au romanesque un peu triste de notre Musset », voilà comment il définissait cette merveille peinte par le Vénitien. Il fallut qu'un obus allemand, jeté en passant sur Venise, vînt anéantir ce plaisant et clair chef-d'œuvre. Barrès ne s'en consola pas. Et pas davantage il ne se consola de la mort de ses grands arbres, peupliers et mirabelliers, abattus, dès 1914, pour la nécessité du tir, dans son jardin de Lorraine. « *Adieu, beaux arbres, mes amis, compagnons de cinquante années...* » Il y a là vraiment une plainte résignée d'un accent très beau et très fier.

*
* *

La première fois que je le vis, ce fut dans les bureaux de la rédaction de *la Cocarde*. Adolescent, tout à mes débuts, j'apportais là mes premiers écrits sur les lettres, les arts, et particulièrement sur ces grands peintres des écoles d'Italie qu'il aimait d'un amour passionné avant que le Gréco lui eût révélé qu'au bord du Tage, du côté de Tolède, il est d'aussi grands maîtres. Temps lointains, comme perdus dans la brume du rêve ! Ah ! comme elle s'estompe maintenant à mes yeux, cette haute silhouette toujours vaillante et que n'avaient pas inclinée encore les travaux, l'adversité, l'injustice, la gloire et l'âge !

La seconde fois où je l'aperçus, ce fut au retour d'exil d'Henri Rochefort, dans la rue La Fayette. Une marée humaine, un flot de têtes, depuis la gare du Nord, déferlait dans la large voie. Le vieux gamin de Paris qu'était Henri Rochefort, la tignasse mousseuse comme celle du Béarnais, rendait le salut à tout le bon peuple. Et je voyais, à ses côtés, se détacher le profil consulaire de Barrès, ces traits de médaille bien frappés, enfin, ce net visage d'Orient qu'Albert Vandal a si magnifiquement prêté à Bonaparte, sous le jour douteux de Brumaire, ce visage olivâtre animé de sourd désir, coloré, sombre et sur lequel les députés des Cinq-Cents avaient, en attaquant, laissé le sillon rouge de leurs griffes...

Mais lui savait ce qu'il en est des fureurs populaires. Bourget, à ce propos, a bien perçu le son métallique, rauque comme le cri d'angoisse de la patrie, que rendent tels de ses écrits politiques : la scène de Panama dans laquelle nous voyons Jules Delahaye, pour dénoncer les prévaricateurs, monter à la tribune : page cicéronienne, d'une haute et mâle période ; les feuillets du *Cloaque*. Mais rien, dans cet ordre si particulier et si farouche, n'approche l'interruption fameuse, lancée de son siège de député, en pleine guerre, sur la « *canaille du Bonnet rouge* ». Jamais Barrès, sans doute, ne fut si grand que ce jour-là. La patrie en fureur parlait par sa voix. Sentant la blessure d'un stylet perfide qui pénétrait en elle, dans le dos, entre les deux épaules, tandis que, par ailleurs, elle faisait face, elle proférait ce cri suprême, aigu, ce cri d'appel et de flétrissure : *la canaille du Bonnet rouge !* [10]

Je l'ai revu bien des fois encore. Et d'abord dans cette avenue de la Grande-Armée que je ne puis désormais aborder sans penser à son grand-père, le lieutenant aux chasseurs de la garde.

Nous remontions depuis la Concorde ; il retournait à pied à Neuilly et sortait du Palais-Bourbon, cette fournaise dont l'air chargé de poison lui était aussi naturel à respirer que celui de l'hôpital ou de la salle d'opération l'est au chef de clinique et à ses internes. De là, Barrès revenait trempé pour de nouvelles luttes ; mais cela ne l'empêchait pas, au sortir de ces lieux malsains, d'admirer et de respirer de nouveau devant cette gloire d'un Paris radieux, sublime et dont la large artère, depuis les Tuileries jusqu'à la porte Maillot, n'est coupée que par l'arc de l'Étoile.

Cette avenue triomphale, il l'aimait autant que celles de Versailles. N'avait-elle pas, à ses yeux, quelque chose de plus napoléonien et qui convenait à la nature de son génie ? Je lui demandais s'il se souvenait de la description que Hugo a faite de cette avenue, dans les *Choses vues*, lorsqu'il montre le retour des cendres de l'Empereur ? Il convenait avec moi que c'est une page magnifique. Et j'aime qu'il soit redescendu par cette large voie, quand on l'amena sur le char funèbre, pour la dernière fois, de Neuilly à la Concorde. Un homme comme lui ne pouvait passer que par une telle allée, ample, prodigieuse, militaire et que les révolutions et les régimes avaient choisie pour décor à quelques-unes des parades les plus éblouissantes de notre histoire.

*
* *

Mais quand le cortège, qui marchait lentement, parvint auprès du temple de l'Oratoire, et peu après, au coin de la rue de Rivoli et de celle du Louvre, bifurqua par les quais, je me pris à regretter qu'il ne passât pas à proximité de cette petite rue Sauval où je vins, plusieurs fois, lui rendre visite.

J'aime la rue Sauval. Proche la Bourse du Commerce, les Halles centrales et la tour de Catherine de Médicis, elle rappelle ces coins charmants et sordides du vieux Paris que Balzac adorait et dont le maître de *la Comédie humaine* a retracé souvent, en se promenant au hasard, les méandres capricieux, les curieux détours.

Le logis dans lequel le député de Paris avait installé ses bureaux rappelait on ne peut mieux ces demeures vieillotes et un peu délabrées du temps de la pension Vauquer, de la *Maison du chat qui pelote*, du *Colonel Chabert* : escalier tortueux, marches de pierres branlantes, rampe forgée, petits carreaux, paliers poussiéreux, enfin tout le décor d'une maison parisienne animée de bas en haut par un sourd négoce.

Tout en haut, au troisième ou quatrième étage, Barrès recevait. Que de monde s'entassait dans ce vestibule : gros mandataires des pavillons voisins, vendeurs de volaille aux bonnets de poils de chèvre, tel godelureau des Halles, écaillère plantureuse, Ange Pitou ou la Mère Angot ! Dans un relent de légumes, de fruits mûrs ou de marée fraîche, tous attendaient, en silence ; chacun passait selon son tour.

Lui recevait debout, toujours affable. Le beau profil consulaire, dont je parlais tout à l'heure, je le revois encore, se détachant sur la vitre grise. J'entends toujours la voix chaude, profonde, au timbre cuivré, pleine de nuances[11]. Et quel décor ! Murs nus, affiches et proclamations électorales, des tables vides ; de l'autre côté, sur la cour, une ménagère se penche qui écosse des pois ou pèle des pommes de terre, la *ratisseuse* de Chardin. Et lui, ce grand écrivain, lui qui a vu

Tolède, Venise, Aigues-Mortes, qui s'est incliné sur le Tage ou sur la mer, qui a gravi le vallon où roulent les eaux de l'Adonis et suivi à la marche les Bacchantes sacrées, il est dans ce décor!

Jamais le contraste des deux styles, ce contraste indiqué par Bourget, ne m'est apparu plus précis, plus coupant, plus net. Et chez l'homme même, comme ce contraste est saisissant! D'un côté, le voyageur qui prit place à bord de la galère des Phocéens[12]; de l'autre, l'étudiant qui est resté le très fidèle élève de M. Taine, qui recueille des documents et se livre à des expériences de laboratoire.

Pour Barrès, l'animal humain avait bien des beautés, mais aussi bien des tares. Et il les recherchait les unes et les autres, depuis les grandes flammes d'*Amori et dolori sacrum*, *Du sang, de la volupté et de la mort*, jusqu'à ces lueurs plus troubles qui communiquent, aux luttes politiques, un caractère si âpre, cette sorte de fascination dont déborde le masque d'un Mirabeau, d'un Danton, enfin cette placide figure de Robespierre[13] que Barrès — dans une page que j'ai gardée — se représentait si impassible, le jour de la fête de l'Etre suprême, au 20 prairial, alors que le chef de la

Montagne, un bouquet de fleurs rouges à la main, marchait en avant de collègues qu'il avait domptés et qui, comme autant de fauves, suivaient sur ses talons, le croc mauvais, le naseau en feu, prêts, par derrière, à bondir et à le déchirer.

*
* *

Cette poésie que d'autres expriment en vers, lui la communiquait comme naturellement et sans effort à ces phrases majestueuses, échappées, semble-t-il, plus d'une fois des *Mémoires d'Outre-tombe*, et qui paraissent des incantations. Sa poésie, son art, il appelait cela son divertissement. « J'aime, disait-il, les concerts dans les jardins. » Très justement, il ajoutait qu'après les grands combats civiques il y avait droit. Je me souviens même d'un exemple à l'appui qu'il avait pris dans sainte Thérèse. C'est quand il nous fait voir la sainte jouant du tambourin pour divertir ses sœurs et leur donner un peu de repos, après la fatigue de tant d'élans de l'âme, de combats épuisants de la foi ! L'image est belle. Barrès l'a retrouvée plus tard en partant à la découverte sur les traces des Bacchantes, en remontant cette vallée du fleuve Adonis où les œillets pourpres, poussant entre les pierres, semblent des gouttes de sang laissées par le dieu à tous les rochers. Pour moi, je trouve cela beau, d'une ligne tendue, sobre, vraiment classique. Ces filles de Bacchus, il faut voir de quel élan Barrès les soulève ! Poussin a peint une scène analogue et dont l'illustration va bien à cette idée : c'est dans *l'Empire de Flore*, cette figure bondissante qui s'avance au devant du char et qui participe, semble-t-il, en ballant et dansant, à cette allégresse dont ses voiles mêmes, gonflés par le vent, répètent la cadence.

*
* *

Ce n'est pas seulement dans les pages prophétiques, écrites en préface aux *Souvenirs d'un officier de la Grande Armée*, que Barrès a vu, de loin, venir la mort[14]. En vérité, cette mort passait souvent dans son œuvre. Auprès des jardins Giulia, il pensait à elle. « Devant les images les plus voluptueuses, on est toujours contraint, disait-il, à envisager le désagrément de mourir un jour. » Et dans un autre fragment, sous le ciel de Venise : « Le centre secret des plaisirs, tous mêlés de romanesque, que nous trouvons sur les lagunes, c'est que tant de beautés, qui s'en vont à la mort, nous excitent à jouir de la vie. » Voilà une sorte d'ascétisme à rebours ; mais à Pise, aux murs du Campo Santo, est-ce que les fresques les plus radieuses, les plus suaves de Gozzoli ne sont pas présentées en regard même de cette terrible chevauchée à la mort dont Orcagna est l'auteur ?

*
* *

Ses funérailles n'eussent pas été complètes, elles n'eussent pas été aussi grandioses, si ses ennemis ne fussent venus déposer sur ses restes mortels, au milieu de tant de couronnes, ce que Maurras a nommé des *injures d'honneur*[15], de ces injures qui, par la bassesse et l'indignité, finissent, dans leur excès même, par revêtir, une sorte de grandeur et faire figure d'hommage.

A celui qui avait parlé si bien du « cloaque », le cloaque devait cela : ces éclaboussures d'un sursaut dernier et comme fangeux. Mais quand ce grand char, durant tout le parcours, passa ainsi en vue de la ville et le long de ces Tuileries qui avaient connu les clubs et les factions, entendu tant de fois battre la générale et crépiter la fusillade, un mur de drapeaux s'éleva comme pour protéger d'un dernier blasphème la dépouille de celui qui ne s'en allait pas sans angoisse, et par le matin brumeux d'une heure trouble, à l'instant où les feuilles, que le vent arrache dans un cimetière lorrain, ne sont pas seulement emportées par l'automne, mais encore par on ne sait quelle brise d'un vent d'Est chargé de menace, et qui s'élève — chaque jour — un peu plus angoissant, un peu plus sourd.

Jérôme et Jean Tharaud, commentant cette mort, toute droite et belle d'un homme qui aimait les arbres au point d'aller, jusque dans leurs *racines*, leur *enracinement*, chercher le corps et la raison de ses doctrines, Jérôme et Jean Tharaud, ont bien fait d'écrire : « *Une belle feuille de la forêt humaine est tombée. Maintenant Barrès est mort. Un grand maître n'est plus.* »

L'admirable épigraphe ! Comme elle résume bien tout le caractère d'un homme, et celui d'une œuvre !

Le samedi encore, à Notre-Dame, tandis que grondaient les orgues, j'eusse souhaité, durant les intervalles de silence, qu'une belle voix de femme, semblable à celle qui retentit derrière la tenture dans le *Jardin sur l'Oronte*, s'élevât doucement avec

l'encens, et reprit les vocables fameux chargés de grâce dolente et de prenante musique :
« *Jardins Giulia, Melzi, Sommariva, Serbelloni, syllabes chantantes et lumineuses!*»
Mais peut-être qu'il eût mieux aimé le cuivre des clairons ou le son de ce tambour voilé de crêpe qu'on entend dans Beethoven et dont la plainte sourde est si majestueuse.

Jules Lemaître l'avait remarqué bien avant nous : la voix de celui qui avait lancé l'*Appel au soldat,* n'aura pas retenti en vain dans l'histoire. Cette grande voix, Charles Péguy en avait aimé la musique, tantôt charmeuse, tantôt vengeresse. Que ne donnerions-nous pas aujourd'hui, pour en percevoir encore l'hymne grandiose ? Et ne viendra-t-il pas un jour — hélas ! plus proche qu'on ne suppose — où dans le désarroi des consciences, la mêlée des partis, nous éprouverons tout ce qui nous manque à ne plus l'entendre ?[16].

Paris, Décembre 1923.
Gargilesse, juillet 1925.

NOTES ET FRAGMENTS

DE

LETTRES INÉDITES

NOTES ET FRAGMENTS
DE LETTRES INÉDITES [1]

(1) Sur Maurice Barrès, voyageur lyrique, M. Henri Brémond (dans *Maurice Barrès*, Paris 1924), très justement a écrit, rappelant le séjour en Grèce de l'auteur d'*Amitiés françaises* : « Tous ses voyages ne furent, ne seront jamais que des courses frémissantes à la déception, mais le pèlerinage d'Athènes plus que les autres... »

(2) D'une lettre qu'il m'écrivit de Charmes-sur-Moselle (le 21 octobre 1922), — c'était à propos de *Mademoiselle de la Maisonfort*, — j'extrais ce passage dans lequel Barrès, avec ses arguments et ses défenses, revient, une fois de plus, sur cette querelle :

«... VOILA-T-IL PAS QUE VOUS TRAITEZ EXACTE-MENT LE PROBLÈME DONT IL FAUT BIEN QU'EN CE

---

(1) Les fragments de lettres inédites sont composés en petites capitales.

MOMENT JE ME PRÉOCCUPE ! LES RAPPORTS DE L'ART ET DE LA RELIGION, FAITES-VOUS ASSEZ VOIR QUE C'EST UNE AFFAIRE IMPOSSIBLE A RÉGLER EXACTEMENT ET QUE CE SONT LA DES EAUX PROFONDES A NE PAS TROP AGITER. *Esther* ET SES CANTIQUES SI PURS FOISONNENT DE PÉRILS. CE CHEF-D'ŒUVRE DE L'ART CHRÉTIEN, CETTE INCOMPARABLE TROUVAILLE D'UNE VOLONTÉ D'ÉDIFICATION, IL FALLUT TRÈS VITE QUE Mme DE MAINTENON SE REPENTIT DE L'AVOIR DEMANDÉ AU GÉNIE RELIGIEUX DE RACINE. ON S'APERÇUT QUE CETTE MERVEILLE AVEC TOUTE SA PIÉTÉ, C'ÉTAIT LA VIE, C'EST-A-DIRE UN FRÉMISSEMENT D'INVISIBLES MICROBES, TONIQUES OU TOXIQUES, SELON L'AUDITOIRE ET LES HEURES. VOILA CE QUE VOUS NOUS RAPPELEZ ! AH ! VALLERY-RADOT, JOSÉ VINCENT, MASSIS, BERNOVILLE, QUELLE LEÇON POUR NOUS TOUS QUE CETTE AVENTURE DU PLUS ILLUSTRE DES CONVERTIS ! CHERS CONTRADICTEURS, QU'ALLEZ-VOUS EN CONCLURE ? J'EN CONCLUS, MOI, QUE LA BIENFAISANCE DES ŒUVRES OU LEUR MALFAISANCE EST TOUTE RELATIVE, QU'ELLE DÉPEND BEAUCOUP DU LECTEUR LUI-MÊME... »

(3) Au lendemain de l'un de ces rudes efforts politiques où il s'épuisait et livrait tant de lui-même, Barrès écrivait, en revenant à l'Asie et à la Perse : « *Aujourd'hui, au lendemain d'une campagne électorale, pour ma récompense, je vais franchir la zone des pays clairs et pénétrer dans le mystérieux cercle.* » A la

veille de passer la mer, d'atteindre à l'entrée du désert d'Asie, il ajoutait : « *Il est curieux que je n'aie jamais pu satisfaire l'attrait qui m'appelle depuis toujours vers Bagdad et Chiraz ! Quelque chose m'apparente aux Persans, qui sont les plus intellectuels des artistes.* » (Une enquête aux pays du Levant).

(4) Cette pensée de Sainte-Odile lui était chère. Sans cesse il y revenait. Comme il m'arriva une fois d'établir un rapprochement entre le paganisme de Maurice de Guérin méditant au bord de l'Océan, et celui de Taine gravissant, au milieu des peupliers et des sapins, les pentes de l'Odilienberg, Barrès m'écrivit le billet suivant, daté du *vendredi saint de 1923*.

« TRÈS JUSTE, MON CHER EDMOND PILON, CE RAPPROCHEMENT DE TAINE A SAINTE-ODILE ET DE MAURICE DE GUÉRIN AUPRÈS DE L'OCÉAN, — ET PUIS C'EST UNE CHARMANTE LUMIÈRE SUR NOTRE VIEUX MAITRE QUE CETTE JEUNE FILLE DE L'AUBERGE AU PIED DE LA MONTAGNE. AMITIÉS. BARRÈS. »

Ce billet n'est intelligible que si l'on veut bien se souvenir que Taine lui-même (*Correspondance*, tome second) prit un réel plaisir, durant son séjour à Obernai, à causer « avec la jeune fille de la maison, qui n'est pas belle, mais qui a l'air parfaitement honnête, douce et sensée », une vraie sœur paysanne de Colette Baudoche.

(5) Il m'était arrivé, lors de la publication de *Colette Baudoche*, de présenter (assez naïvement, je le reconnais aujourd'hui après cette guerre) quelques réserves quant au dénouement de l'œuvre, au mariage manqué de la jeune fille de Metz avec son soupirant allemand ; Barrès me répondit en me faisant savoir que, selon lui, ce « dénouement était douloureux mais nécessaire ».

(6) « Tel paysage du *Jardin de Bérénice*, d'un trait rapide et d'une perspective infinie, est inoubliable. » ANATOLE FRANCE *(la Vie littéraire)*.

(7) Sur ces sœurs de lettres dont M. Victor Giraud, de Jacqueline Pascal à Lucile de Chateaubriand et à Henriette Renan, entreprit d'écrire l'histoire, il avait son projet. Et comme j'avais, moi-même, particulièrement avec Eugénie de Guérin, accordé beaucoup à ces sœurs aimantes, Barrès, dès 1903, m'avait écrit :

« ...JE NE RÉSISTE PAS A LA PENTE DE VOUS DIRE QUE VOS « SOEURS INSPIRATRICES » N'AURONT POINT DE MEILLEUR LECTEUR QUE MOI. CE PETIT LIVRE QUE VOUS ME PARAISSEZ COMMENCER, DEPUIS DES ANNÉES JE ME PROPOSAIS DE L'ÉCRIRE, ET J'EN AMASSAIS TROP LENTEMENT LES MATÉRIAUX. POURTANT, JE NE SUIS PAS ATTRISTÉ CE MATIN, CAR l'aurais-je véritablement écrit ? Vous m'aiderez a le rêver de plus près. Je vous félicite d'un travail si agréable et si bien commencé ; je vous demande de joindre une bibliographie a chaque chapitre... »

(8) Ces admirables fragments, l'*Automne à Charmes avec Claude Gellée*, ont paru dans la *Revue des Deux-Mondes* du 15 juin 1925, précisément à l'heure où l'Exposition du paysage français rassemblait à Paris les plus purs chefs-d'œuvre peints et dessinés du grand Claude. Il faut lire, dans ces pages, un surprenant portrait du Lorrain enfant : « Des yeux saillants, une figure ronde qu'environnent des cheveux crépus, point de cou, il est tout en force, tout en âme aussi, car d'allure, de corps, il est lourd. *Un petit hercule noiraud*, fait pour saisir, pour appréhender les paysages. » Barrès comprenait à la perfection toutes ces nuances de Claude Gellée. Il disait que c'est à « une fin de journée, vers quatre heures, à la lumière douce, au Louvre », qu'il convient de l'aller voir. Et il ajoutait : « Ses tableaux sont une émotion. »

(9) Lorsque l'auteur de ce livre publia, en 1919, une sorte de monographie descriptive, historique et littéraire, de la plus guerrière des rivières françaises (*Sous l'égide de la Marne*), Barrès se montra intéressé par ces

souvenirs où tout ce qui est charmant dans nos paysages est « lié, disait-il, à ce qu'il y a de plus grand » dans notre histoire. Une vue du fameux menhir de Fontaine-sur-Marne, dans lequel on voulut voir longtemps une sorte de *pierre-fée* de lointaine origine, avait retenu son attention. Il souhaitait, me faisait-il savoir, connaître davantage ce vieux témoin de tant d'invasions et de tant de combats. Nul doute qu'il n'associât alors, dans sa pensée. la borne géante de Fontaine-sur-Marne aux pierres de la fontaine de Domremy, en Lorraine, à celles qui servent d'assise au temple chrétien de Sainte-Odile.

(10) « Dans l'anthologie des discours qui ont honoré la tribune française, il faudra toujours faire place à quelques-unes de ces pages-là *(La grande pitié des Eglises de France)*, et les curieux admireront comment toute la pensée barrésienne et les plus subtils secrets de son style se retrouvent dans son éloquence... Puis dans la liste des mots historiques, où il y a tant d'apocryphes, on redira toujours l'authentique et victo ieuse apostrophe du 7 juillet 1917 : « *Quand arrêterez-vous la canaille du bonnet rouge ?* » (MARIE DE ROUX, *Revue critique 27 décembre 1923).*

(11) Sa voix, cette voix chaude de Barrès, avait des sonorités dont la résonance se prolongeait. « Ceux qui l'ont connu, disait René Boylesve, se souviennent du grave accent d'airain qu'il savait donner à un vocable sublime. »

(12) « ...*Aujourd'hui qu'au large de Marseille, je navigue vers Alexandrie et vers Beyrouth.* » *(Une enquête aux pays du Levant).* A deux reprises déjà, Barrès était parti de Marseille pour ce beau voyage. Il était bien qu'un indice matériel perpétuât par la suite ce double événement. C'est ce qu'ont pensé le comité commémoratif de l'antique Phocée, et M. Marcel Provence, son président. Grâce à leurs soins, une plaque rappelant qu' « au printemps de 1914, Maurice Barrès, allant entreprendre une enquête au pays du Levant, a pris la mer à Marseille », fut apposée sur la façade de l'immeuble des Messageries maritimes. M. Henry Bordeaux, prenant la parole à cette occasion, émit le vœu que le nom de Maurice Barrès, à l'exemple de ceux de *Lamartine* et de *Pierre Loti*, fût donné par la suite à l'un des transports de la Compagnie.

(13) Il y a aussi Saint-Just. « ...Cette gloire qui brûle dans la Révolution comme une lampe dans un tombeau... » (Préface au *Cahier vert*,

n° 10) avait retenu l'attention de Barrès, bien avant que Mlle Marie Lenéru songeât à écrire elle-même une monographie de cette sorte d'Hamlet des grands jours sanglants. En effet, dès 1909, Barrès se préoccupait de celui dont il possédait les *Œuvres* oratoires dans un exemplaire ayant appartenu à Talleyrand. A cette époque il m'écrivait sur Saint-Just : « ABOMINABLE JEUNE HOMME QUE L'ON S'ÉTONNE D'AIMER. » Et il ajoutait : « IL ÉCRIVAIT SI MAL, ET POURTANT J'AIME SES PHRASES, JE LE CONSTATE AVEC ÉTONNEMENT. ET JE GARDE DANS L'ESPRIT COMME UNE POÉSIE, COMME UN DIAMANT FROID ET BRILLANT, CETTE HISTOIRE (LA CONNAISSEZ-VOUS ?) DES PLEURS QU'IL VERSA UN JOUR, A STRASBOURG, PARCE QU'ON AVAIT INSULTÉ DEVANT LUI LE SAINT-SACREMENT ET L'EUCHARISTIE... » *(Lettre du 18 juin 1909).*

Plus tard, toujours en préface au *Cahier* de Marie Lenéru, il revint sur ce caractère qui, malgré toutes ses tares, « porte le signe de la grandeur ». Mais il était une chose que Barrès ne pardonnait pas à Saint-Just. C'était, par son discours insensé prononcé à la Convention, d'avoir provoqué la mort de la Reine. « *C'est affreux, écrivait-il, qu'un jeune homme désire la mort ignominieuse de la reine de France. Pour ma part, si je voyais en péril la reine des abeilles, je me gênerais pour la sauver. N'avoir pas vingt-cinq ans, et jeter sous la guillotine une princesse ravissante et tant d'autres jeunes femmes, on n'a pas idée d'une pareille offense à la beauté et au romanesque.* »

(14) Lui, qui avait écrit le fragment fameux :
*Une soirée dans le silence et le vent de la
mort*, il avait formulé cette prophétie en préface aux *Souvenirs* de son grand-père : « *J'ai
achevé ma matinée en allant au cimetière
causer avec mes parents. Les inscriptions de
leurs tombes me rappellent que mon grand-
père est mort à soixante-deux ans et tous les
miens en moyenne à cet âge : elles m'aver-
tissent qu'il est temps que je règle mes
affaires...* » Ainsi, moins d'une année avant le
fatal hiver 1923, Maurice Barrès écrivait ces
lignes pathétiques.

(15) La plus indigne, la plus vile de ces injures (« *Je ne veux rien dire de Barrès. Il a fait
le mois dernier quelque chose de très bien : il
est mort...* ») a été produite dans un quotidien
très répandu. Nous ne nommerons pas l'auteur.
Il suffira pour le reconnaître de se reporter à
l'époque de la mort du maître, à l'article de M.
Jacques Guenne, paru dans les *Nouvelles litté-
raires* et commençant par ces mots : « *A Rome, les fonctions d'insulteurs publics étaient
tenues par des esclaves...* »

(16) M. Charles Maurras a magnifiquement
paraphrasé cette pensée. C'est lorsqu'il a écrit,
en 1924, lors de la célébration à Notre-Dame-
des-Victoires, du bout de l'an de Maurice Bar-

rès : « Le deuil de l'amitié que nous étions nombreux à porter, se compliquait d'un sentiment de deuil national. Cette brusque ouverture du tombeau de Barrès, dans la soirée du 4 décembre 1923, est un des grands points de la diminution de la France. Il a manqué, et mille nécessités vitales auront manqué tout aussitôt... » Pourtant la mort elle-même n'a pas étouffé la haute flamme d'un esprit si lumineux ; maintenant, a dit M. Henry de Montherlant, « commence son rôle d'outre-tombe ». Le présent volume n'a pas d'autre but, par la contribution qu'il apporte, que d'aider à définir ce rôle qui commence.

TABLE DES MATIÈRES

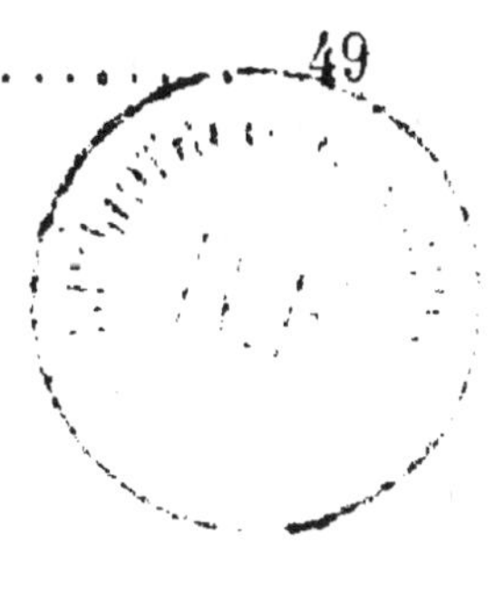

JUSTIFICATION

DE CE NEUVIÈME VOLUME DE LA COLLECTION JEUX ET TRAVAUX, ÉTABLIE SOUS LA DIRECTION DE CHARLES FOROT, IL A ÉTÉ TIRÉ ET NUMÉROTÉ : 25 EXEMPLAIRES SUR VÉLIN DE MADAGASCAR, AVEC UNE POINTE SÈCHE DE JEAN LOMBARD, DONT CINQ HORS COMMERCE (Nᵒˢ 1 A 20 ET 21 A 25) ; 45 EXEMPLAIRES SUR VÉLIN ANCIEN DE VIDALON DONT CINQ HORS COMMERCE (Nᵒˢ 26 A 65 ET 66 A 70) ; 250 EXEMPLAIRES SUR VÉLIN TEINTÉ DE VIDALON DONT 20 HORS COMMERCE (Nᵒˢ 71 A 300 ET 301 A 320) ; ET HUIT CENT QUATRE-VINGT-CINQ EXEMPLAIRES SUR VERGÉ MONTGOLFIER D'ANNONAY DONT 25 HORS COMMERCE. — ACHEVÉ D'IMPRIMER, LE 2 AOUT 1926, PAR MM. L. TAVERNE ET C. CHANDIOUX, A AUTUN.